trem fan tas ma

pedro
lucas
bezerra

O que existe, já havia existido; o que existirá, já existe, e Deus procura o que desapareceu.

Eclesiastes

Tight boots? No, she's lame!

James Joyce, *Ulysses*

tábuas de maré

*

tábuas de maré e tábuas de horários, velas alçadas a pique na contramão do rio, disciplinas de navegação e cursos de rios de abolir o tédio, invadir os navegos da rua Santo Antônio, onde os primeiros negros foram extintos, ouvir os galos tecendo manhã nenhuma, acordar com os pórticos da alvorada abertos a ribeira alguma, guiar-se pelo baldo dos além-baldos, travestir de cinza uma manhã de sol sem nuvens, seguir a maré de longe, afogar-se no rio sem ver seu verde desabando, pisar os becos com o mistério sacro que todo beco mantém, mirar-se nas pedras e não ver margem alguma, tábuas de maré, rios e tempestades de sol.

*

Não há cidade em sua carnadura
que não vaze
do rio à jusante das ruas vazias
o oco dos becos sujos
a levitação noturna da fumaça
que avança contra os sinais
fechados

os carros abandonados
fantasmas de aço
tradução dos barcos mortos
que jamais avançam em Ponta Negra
riscam a canivete
no curso do dia
a palavra magra do silêncio

*

O viaduto do Baldo
vigia sem esperança
os trinta e cinco carros
que passam de lá para cá

um deles de farol apagado
caminha para o abismo
que se abre sem aviso
logo ali

um homem descalço
atravessa a ponte
em segredo
enquanto os peixes assistem
à debandada das águas
enquanto os caranguejos
hibernam no além-sol

ele escreve uma pergunta
num papel cinza
pesando tal qual ferro fundido
debaixo da luz de cem postes
apontados para o sul

*

O tempo imposto
que se arrasta com o rosário de luzes
que confiscam da noite sua presença anônima
avança sobre a rua Vigário Bartolomeu

a solidão ainda maior
dos pescadores na baía
o silêncio fisgado nas quilhas
e proas

nenhum sal de mar
na manhã de setembro

tanto sol
sob os sargaços

*

A eletricidade é uma das inimigas da espécie humana
assim como os búfalos podem ser
assim como as cordas
ou o veneno das plantas bravas
o silvo de um morcego
a raiva que há no cão

a eletricidade pode abreviar
a vida de um inseto
que serve ao chamado da luz
ou pode abreviar a consciência
de um quarto escuro

andar na noite com um facho de fogo
acender uma vela no inverno
mostrar aos ursos as fogueiras
ligar um cigarro na cidade ilhada

essas pequenas inspeções ao fogo

*

Se auscultasse a pedra
estranha decerto
sua coisa oca que diz
os limites da praia, os fogos
dos barcos

as sandálias que pisaram
o coração das pedras
os pés descalços
na pedra profunda, divisadeira

as pedras, ao menor toque
de um ferro fundido,
podem escapar em átomos
em silos secos
em explodidas neblinas

derrubaram, pois,
o Hotel das Estrelas
suas janelas empedradas
a avoenga parede
distribuída em jogral

agora não mais existem
as pedras sob as estátuas
agora quedaram-se
os ventos antigos da praia
os mais velhos retratos
fauna amestrada

relato ilícito
nome
agora finalmente introduzido
à muralha aberta da não-memória

*

Eu hei de amar a pedra olvidada
e sua corola de solstício
romã, flor encarnada

Eu hei de amar uma sibila
uma coisa plácida
uma constelação guiada
no planetário

Eu hei de amar, talvez
a sua víbora guardada
suas mãos em cruz
coxas brancas

Eu hei de amar
a pedra de crack
que iremos fumar

Eu hei de ser afinal
o único flechado
na pintura de guerra

Eu hei de beijar-te, medusa
com teus cabelos de plástico
teus olhos de sapoti

É manhã. E eu penso sozinho
que coisa,
ainda existe o barroco

*

Eram dois enforcados
ou três ou quatro
que pendiam das forquilhas
que eu via ao longe
eram dois enforcados
na praia e no arrabalde
que se anunciavam cedinho
na contramão
e no ancoradouro
eram dois enforcados
malês, coisa nova
que pendiam decerto
do arrabalde

eram dois enforcados
e ali pendiam

*

Eu bebo pelo menos
cinco xícaras de café por dia
duas ou três pela manhã
as outras duas ou três
ao longo do dia
em intervalos compassados
como quem espera a roupa quarar
ou como a lavadeira espera a hora certa
de bater a roupa
uma vez mais, outra vez
outra depois
até perceber que já dá pra soltar
os panos ao vento

as cinco xícaras de café que bebo
no dia
me fazem pensar
tanto na quantidade de batimentos cardíacos
a que posso chegar no intervalo de cinco minutos
quanto no dia que Deus falou que era o dia um

só com a borra de café
é possível adubar a terra
e ler o futuro
numa xícara de uma vez só

*

Do mar imenso
guardaste as conchas
e o sal puro
eu bebi da tua mão
a água salobra
barrenta
e era dia de inverno
chovia no teu jardim
e tua mãe cantarolava
louca ela
cantando canções de debulhar
milho
e agourar criações
tua mãe sozinha fez
o que minhas irmãs jamais fizeram
cantou a música dos bezerros
dos noninos
dos marinheiros
e eu sozinho de noite
pensando comigo mesmo
para onde iam os bezerros
para onde iam os sozinhos
era para lá que iam
para o barco que batia nas pedras,
ele esculpido
altaneiro
sozinho no mar Egeu

cantiga de maldição
cantiga de mar aberto

*

E então era noite geral
na rua Chile
e em todas as ruas ao redor do mundo
eu contava os suspiros desse fantasma
ele me contava dos seus poetas preferidos
soçobra, valente
a papoula de aço que singra o Potengi:

corre por ele, rio breve
rio cativo
a nau inconsolada
sem palavras
sem o poeta final que a cante

não é tempo de poetas
no ancoradouro

*

O salto na noite azul
que é aquela nota funda
do trompete de Miles
em *A Night in Tunisia*

a noite da Tunísia
mais longa
que qualquer guerra
mais longa que as manhãs de junho
mais longa que um solo de sax contralto

*

Entre os óbvios postes quebrados
as paredes caiadas de lodo
desde 1985
o poeta mais proibido da Cidade Alta
grafava:
“minha alma dirá aos muros
da cidade que a ama sem plágio”

*

Mais uma vez falta
aquela coisa que não tem nome
que escapa e abole
que vem e dissolve
que é magma e é também crisântemo
uma cerimônia do tempo:
o pequeno vazio que nem nome tem
quando uma coisa acaba
e fica solta no ar
fazendo parábolas com o vento

*

Também os papagaios têm
desejo de simetria

saber a nota certa
na canção que a senhora canta
às seis da manhã

*

Aquele pequeno fundo
inominável
onde os trompetes
dos clarões de luz
os canhões de luz
os sets de luz
não conseguem tocar
em que a cantora
ela com roupas de brilhante
com todos os olhos
acesos em seus ombros
com toda luz das luzes
sobre si
nem mesmo consegue
ser alcançada;

a solidão
de lua minguante
da mulher cantando
[aldeã e aldebarã]
no palco

*

A Terra de longe é azul
e sobre isso
there's nothing I can do
como já avisara
ele, o homem das pérolas
verdes

outrossim
eu jogava pedra papel
e tesoura
com meus rosários de fantasmas
sem nada poder fazer

*

A lista do maior do humano
não comporta
lóbulos de orelha
bicos de peito
calcanhares

a coisa que se faz
com as mãos
quando ninguém está vendo

o lado que você dorme
os dedos que você estala

✷

Pensei em você em parte alguma
sóis de hélices
cartas enevoadas que você escrevia
bêbada
sms do fim da espécie
inseticidas do parnaso
pães dormidos das acrópoles

pensei em você
calçando um passo errado
de free jazz

e eu maratonista sob
o rio de ciclopes
no pior mar do norte nordeste

pensei em você náufraga em Ponta Negra
pensei em você com o nome da última
mulher do mundo
pensei em você vendo a última performance
de uma pessoa nua
em um museu
porque só os últimos fazem
performances nus
no museu

pensei em você
paralisada por uma
picada de escorpião

pensei em você
abrindo um kinder ovo
e a surpresa infelizmente
era repetida

pensei em você
com os ossos do ofício
pensei em você lendo em árabe
pensei em você
porque basta
já que estamos aqui
de partida e não

*

Aportam nos lajedos
nos portos
nas lan houses fechadas há muito
nos terreiros de umbanda
nos carros alegóricos
nos circos eternos
nos subways à beira da estrada

as mulheres que cospem fogo

apeiam de cavalos
em comitivas delirantes
com seus dosséis
e carruagens
velas erguidas para o firmamento
luzes esbranquiçadas que doem nos olhos
marcas de ferrar boi
e gritos de alvorada

as mulheres que cospem fogo

vêm em bando
e uma a uma ocupam as últimas
cidades escuras dos trópicos

jamais dizem seus nomes
seus signos
ou mostram suas marcas de nascença

as mulheres que cospem fogo

benditas filhas das harpias
magras, com os pescoços
já cansados de soprar
ventos de chamas,
abrem seus braços
e avisam àqueles que esperam
que elas chegaram

as mulheres que cospem fogo

— apoiados na balaustrada
os últimos loucos
das cidades caiadas
da última cidade
onde ainda rege saturno
com seus meses de maio
suas mezinhas de forrar mortos
seus braços duros de estreitar
açudes e vilas de engenho
observam
as mulheres cuspindo fogo
para o alto
para onde Deus não olha —

as mulheres que cospem fogo

vestem vermelho
pois é cor de exu
e também uma cor bonita
pra se fazer vestido
em tecido nobre

as mulheres que cospem fogo

também têm outra habilidade
que é jogar King of Fighters 2 como
ninguém
em nenhuma cidade do fim do mundo
no Brasil
no Rio Grande do Norte
nos distritos de barragens
do rio São Francisco

as mulheres que cospem fogo

alisam seus cabelos
no fim do dia

rezam baixinho
sabem fazer colares de miçangas
jogam futebol com os meninos
e seduzem quem tiver
assim na distração das margens
menino ou menina
sob o risco de não saber muito bem
o que
o que é
como
por quê
para onde
brincar com fogo

as mulheres que cospem fogo

tocam alaúdes de madeira de lei
leem o futuro
e arrastam espadas no chão de ferro

também são treinadas para a timidez
sua educação de asilo
seus bafos de colgate
suas lâminas azuis
constroem suas fogueiras de precipício
seu profundo tédio
nascido das águas
para lá dos açudes
ou do Mar Vermelho
das lagoas de captação
das barragens embargadas

onde jamais são vistas
as mulheres que cospem fogo

*

Para que não ache que sou
uma coisa pouca, um azedo fruto
dou minhas mãos abertas
em flores, ramos

e aí descubra um cacto azul
um convite pra abandonar
suas antigas velas, seus mais
íntimos gritos

suba comigo as montanhas
de luzes acima do mar
tudo que arrumei no meu quarto
os meus ferros retorcidos
meus brinquedos quebrados

as paralelas ruas vazias
nós podemos andar
de mãos dadas
abertas nos vazios
ainda formando rotas
pegadas

*

Ficou vazio o meu quarto
naquela tarde em Pyongyang

marés de aves comedidas
outras serras
que qualquer pensamento alcance

mas olho pra você
luminosa férrea curva
que minha miopia faz
na barra de seu vestido
e penso em Pyongyang

serras escuras
uma noite num hotel
com portas escancaradas

ah vento que traga
velas
suma daqui e parta para lá

onde os poetas são mortos
onde os doentes se multiplicam
onde mil vezes um rouxinol
canta
e nem mesmo as crianças
[os inocentes, os presos]
escutam

*

Invoco meus dentes
e minhas mãos
de metal
para que toquem
os pássaros de neblina
ou as flores de sargaço
nos seios da Iemanjá inconstelada

assumo os ventos e as diásporas

para que os aviões passem por mim
e repousem na gravidade de aço
que é onde esperarei
você ou a bomba H ou o último Molotov
em silêncio
inaugurado pela fumaça do meu
cigarro Camel
na cidade estrangeira

*

O céu da Ribeira
às quatro da manhã pode ser
para nós
a procissão de luzes das catedrais portuguesas
a nota final de uma música esquecida
uma pergunta escrita num bilhete e perdida
no alvorecer do viaduto do Baldo
uma sorte de vidraças quebradas
com a via crúcis estampada

uma ligação perdida, uma abóbada celeste
um massacre simultâneo de cem bois
[que é o mesmo que a palavra "hecatombe"]
carpas nadando no rio morto
o cais solene e vário espreitando
a manhã que descerá em chumbo e lava

e nós, tantas vezes bêbados
tantas vezes perdidos
pisamos na terra prometida
pois é dela o reino dos
sonâmbulos

*

Encontrei você no Luna Parque
onde todos se perdem
pelo caminho de conchas
assim como vivemos nesse mundo: procurando

no Luna Parque
os cegos leem em braille
os corpos dos mortos
e as águias moram ao lado
observando os cocainômanos

no Luna Parque
há uma roda-gigante
desativada

*

O rio se oferta ao rito
e passamos por ele sem deixar rastros
colares de pérolas, chaves perdidas
flores de prata para a sagração da primavera
e as manadas com seus elmos cheios de nada
bebem suas Heinekens e fumam seus cigarros
Parliament, também indicado para cocainômanos

O ofício da noite se permite vagar
abrir uma cova no corpo da cidade doente
inconsútil tela negra
como só um espelho negro
destrói a cor, o ânimo e transforma
sua violácea rosa
em pesadelo, a memória vazia

Sobra na nossa paisagem
a montanha ao longe
que não se permite um só grito
[monge no claustro infinito

rua Chile, ancoradouro,
novena dilacerada

*

O Brasil é o país mais deprimido da América Latina
é por isso que aqui jamais prosperou o cinema de ação
e ainda
o cigarro Pink Elephant
as bromélias amarelas
o tango e a luta corporal e
talvez também seja por isso
que as bailarinas morrem tão cedo
e talvez por isso
a poesia nunca sobe
as veredas se bifurcam

por isso que fumamos crack
na sacada de sua casa
às cinco horas da manhã,
minha cara musa sem nome

[vez por outra vislumbro
a rua dos náufragos,
as motos passando em réstias
e o corpo ingênuo da musa sem nome
levitando sobre os prédios mortos
da cidade]

e é por isso que imagino
que as estátuas e as crianças
devem odiar morar no país
mais depressivo da América Latina
desde que o samba cessou

e o sonho da juventude é a marcha nupcial sob as pedras
e deve ser por isso que o Radiohead jamais virá
e a depressão consumirá
as nossas notas de rodapé as roupas azuis
os animais silvestres as máscaras de Carnaval
os nossos olhos cegos
os fios de cetim/ferro retorcido
que compõem o corpo
da musa sem nome, mais uma vez

*

Não rimarei
não nadarei no absoluto
não lerei as cartas de Newton Navarro
não olharei o Potengi sob o abismo
não vingarei na cidade objeto
cidade qualquer coisa
palimpsesto
medusa
muralha de ossos
naufragada, mil vezes destruída e reconstruída
e atravessada por fuzilados e fuzilamentos
não voltarei

*

Ao caminhar na noturna avenida
Afonso Pena
entre manequins nas lojas fechadas
e fumaça de crack que despencava
de céu nenhum
senti o sol
atravessar as ruas do pós-chuva
como cruel ironia
a erguer-se contra mim

nada posso fazer
além de parar e morrer lentamente
sob o sol de Satã
e dos tigres do capitalismo
que avançam contra nós
como se fosse uma marcha
ou uma invasão
lodo, reficção

o sol não é Deus e nem é
uma víbora que engole perdizes;
espraiado em todas as ruas do mundo
onde passam os bêbados e os doentes
as crianças descalças e os librianos
o sol toca clarinetes
contra a lua dos pântanos
a lua da Ribeira das seis da manhã
os ônibus lotados que atravessam o abismo
meus pés contra o chão do mundo
e o mundo outra vez voltando sozinho

contra si mesmo e contra nós
praticando o satorialismo febril ou a diáspora
ou a depressão no pior país da América Latina
a poesia no claustro
nem sobe e nem desce
vai, apenas

2 Tábuas de horário

O elefante

Eis que se abre o calabouço
e lá está meu suave elefante
meu elefante que fiz
de gasto anil
com tinta amarela
com fiéis cores do deserto

meu elefante fala línguas
me diz em árabe que está com sede

e eu o repreendo
um elefante sente sede
em qualquer língua
a oeste leste
ocidente ou oriente

mas meu elefante sai
brusco selo do vazio
com seu corpo bélico
na noite de Carnaval

bebe cervejas
conserva flores nos bolsos
caça borboletas rosas com as mãos

e eu o vejo, enquanto como
hambúrgueres

ele finge que não me vê
ou finge que me vê

sob uma tentação ainda inominada
a tentação não catolicizada
a tentação presa no vácuo
como fruta nova no isopor de supermercado

e eu continuo embriagado
vendo meu elefante atravessar
a passarela

meu elefante votará
duas vezes
em primeiro e em segundo
turno

eu espero que ao menos à noite
ele não me fale
as atrocidades que falou
na manhã de abril
em que o fabriquei

todos os elefantes do mundo
deviam voltar ao marfim

A memória de Salomé

No limiar
toda cabeça que se pede é a dele
de Iocanaan

se no silêncio
uma voz vem a ti e fala “salva-me”
essa voz é a da cabeça de Iocanaan

se num sonho rubro
tu vês a pálida cabeça
iluminada com lanternas
é essa a de Iocanaan

se Iocanaan disser que sua cabeça é de outro
que não tem nome
cabeça ori
cabeça que surge em combate
não acredite em Iocanaan
porque ele não tem mais cabeça

se você está ouvindo uma música
e nela alguém assobia fora do tempo
é ela lá
a cabeça de Iocanaan

se uma cabeça sem lábios
atravessa a noite e invade a festa
é essa ela
a cabeça de Iocanaan

As onças

Com convicção faço minhas
onças morderem a tua carne

seu explícito concreto
é tísica a tua respiração
após esse mergulho que deste no pacífico sob
o sol vigilante por trás da parede branca raios
em cardumes, fugitivos

uma a uma, as sombras passam
assoviando seu nome
e eu com minhas mãos
começo a enfileirar as pedras mornas

Romanceiro para a bomba H

Eu vi a bomba H
sob a minha janela aberta
chuva de aço fina
descia pelos braços das casas sozinhas
que iam voltando voltando pro lugar

que nem o sol poente
nem a estrela da manhã
alcançam com a face perversa

a bomba H era vermelha
com sua constelação de ácidos
amarrados na centelha da raiva
que puseram como uma coleira
em seu nome de deserto
seu rosto canino de mágoa

quando falavam "bomba H" para as
crianças sozinhas de Pyongyang
elas seguraram nas mãos de suas mães
e elas as decepavam com suas
facas rombudas de partir igarapés

a última raiz deformada
o último bêbado a levar um murro na cara
a última máquina de cuspir cocacola
em Pyongyang ninguém espera o último dia
nem se a bomba H
assumisse o calor do mundo vazio

Brasil, 1975. Brasil, 1969

Ontem fui dormir perturbado
por saber que em algum dia dos anos setenta
sob algum sol dos anos setenta
sob a égide de sabe-se lá que miopia que astigmatismo
que luneta ou lupa santa que passasse sobre os
[pecadores
da praia do Leme
o escritor Carlos Sussekind, ao dar-se conta que havia
[no mundo
uma dimensão paralela, correu nu pela praia
e pego por surto e levado ao sanatório pariu
[seu primeiro romance
também uma bússola para a literatura política
[brasileira, seu livro
Armadilha para Lamartine

hoje por acaso
mais um dia em Natal
na Natal quarentenada de doismilevinte
leio um ou dois poemas do poeta João Gualberto Aguiar
um poeta que daqui a cinquenta anos ninguém conhecerá
porque ninguém conhece os poetas que são mesmo
[poetas

e sem querer acho o expediente
da ditadura que reporta que esse poeta foi acusado
há diversas perguntas sem respostas
preso sob flagrante?
solto sob fiança?
prisão preventiva?

foragido?
reincidente?
condenado?
pronunciado?
absolvido?
cumpriu pena?
procurado pela polícia?
recolhimento?
liberdade?
por habeas corpus?
livramento condicional?

sob nenhuma resposta
centralizada
há a palavra IDENTIDADE anunciando diversos
espaços vagos sem texto

La cantora de las ratas

Não cantes baixo, Santa Joana
os ratos não vão ouvir
sua suave cantilena

seu único ofício
é acertar os nós
encaixotar as luvas de pelica
e enviar para as suas filhas
e revelar
se é para dar asas
ao sol
ou aos condenados

que esperam
na noite imensa
ancorados nos arpões do medo

Os detetives perdidos

Há dias pensando
no poema não escrito

vivendo a vida retangular
obtusa, repetida
do tempo da pandemia
em março, depois abril
depois em junho e julho
atando os laços em agosto
a era do sufrágio — todo poeta precisa passar
pela experiência da exceção

e aí agora vem de pronto
o amálgama, a coisa-viva que nos amarra
o laçar-se de um ao outro que o contato
a entrada no corpo vivo
erótico
luta e carne
das mãos e espíritos juntos
leva-nos ao cerne da coisa:
a vida, essa sim
de braçadas largas entre margem e outra
permanece acima dos ouroboros

Tobias, versículo perdido

Queimar o espírito dos peixes
no rio dos homens
onde o rio e as ruas passaram
onde mulheres também viram
os presságios e as aventuras
que estarão nas próximas pinturas antigas

o anjo bem que disse
para separar o fel
e o fígado
e depois salgá-los
que só o sal e o fogo
purificam;
mas há algo que não salga
e se o sal não salga
é que a terra não se deixa
salgar

mas o mar
esse é mais profundo

Arauco tiene una pena

Ah, Violeta Parra, encerra
essa cantoria
para que entremos na noite

venha, ligue as luzes
dos seus chifres

vamos levitar nas camas
de fogo, no cemitério
dos vagalumes

vamos fazer um telefonema
para a mulher do deserto

o que ela diz?
você entende essa língua?

nós então nos entrincheiramos
num silêncio
tão mais largo que o Chile
eu e ela
e a viola dos prados bale
canta como uma onça enforcada

mas me diga, Violeta
que mais fazias tu lá?
trabalhava na lida
lia alfarrábios
me diga
comadre

que diabos mais fazias lá?
e Violeta me olha em silêncio
com sua viola de noite
e me diz
calmamente
como quem sussurra ou mente
sem querer dizer
que mente

fazia eu ceras, capuz e cordão
sabia ler Braille
matar corvos
açoitar barrão
dar de comer à grande serpente
que comia nosso povo
no início
lá no início
daquele nosso antigo deserto

avistando o sangue brotar
dos nós das cordas do violão
calei-me de pronto
e deixei Violeta
descer nas ruas com seus sete véus
dispostos nos seus chifres de vime

“Outros, vingadores, se elevam”

Sento-me no círculo e espero
que se acenda o lábaro
em que estará escrito:
é tempo de homens partidos

mas não é tempo de partido
não é tempo nem que se precise
dizer dos homens partidos

masco com as mãos as ervas daninhas
os jaborandis soltos na estrada
e chacoalho meus ganzás
contra a inerte medusa

com as luas vagando entorpecidas
quero colher as corolas
de metal que há no corpo da mulher cindida
coisa plástica, coisa motriz
não há quicé que sirva pra ferir um país

um corte por desafio
uma desgarra de novilha

Poema de afiar punhais

É preciso proteger
com muita alegria
os nossos dentes

penso quando afio facas
enquanto meus convivas dançam
na terra batida
aqui inicio cios e invento os zéfiros
que vão passar pela enseada

meus dentes habitam as carnes
cortam os plátanos
anunciam a raiva
outra vez a raiva
meus dentes não me dão medo
e a eles me volto quando amo os cães

meus convidados dançando alongam seus passos
suam e se atam às marés
dosséis, engenhos, camuflagens de músculos
peles que habitam a terra
que dimensão terá o último sobrecéu

Duração, crisálida

A coisa mais distante que se pode tocar
a linha que nasce desenhada nos esquadros
do imaginário
e faz atravessar um continente e outro
a estranha necessidade de pensar que
enquanto estou em meu quarto
ele é uma partícula da casa
que é uma partícula da rua
que por sua vez é parte de um bairro
que é uma edícula da cidade
que é um ínfimo do estado
que é uma pena solta no país
que é uma rocha solta no continente
que é uma cor laranja no mapa
que é uma abstração diante de todos os planetas
mesmo aqueles em que não conseguimos situar
pelos nós dos dedos

Panegírico para Andrômeda

Se seu irmão não andasse
pelos baldios da terra
tácito acompanhador dos vazios
talvez você não pensasse
nas suas correntes mortas, Andrômeda

as correntes passam por teus braços
os pixels de vários mortos
a memória em paralaxe de diversos
fantasmas
maior ou menor a malsã
seja a colheita de espíritos
da anti-Atena

a galáxia de Andrômeda
é uma galáxia em espiral
que é tão sozinha
quanto o órfão com sede
mais sozinha que um coelho
numa plantação de algodão
mais sozinha que a amante
depois do orgasmo
mais sozinho que aquele que pede pão
e depois fuma seu cigarro Record
nos adros e nas paralelas

nas paralelas se estendem
suas correntes angulares
Andrômeda arrasta seu ouro
nos lajedos entre as marrãs

pálido cabelo verde a se confundir
com o pesadelo

pergunta por seu irmão
aos mendigos e enfermos
pergunta por seu irmão
ao último homem da terra

mas assim como Cassiopeia
mais sozinha que as nereidas
Andrômeda segue sozinha
arrastando correntes na terceira terra

Sobre a modelo da Pietà de Michelangelo

Pela figueira nenhuma luz:
debaixo das sombras das corcovas
do monte-calvário
estão lá
no púlpito que ata o
suspiro ao berro
Jesus e sua mãe
ele morto, ela antes da morte
ele um homem que atravessou a tempestade
adiado já aos 33 anos
sem coturno sem luvas sem agasalho
ou exército que o defenda
ela uma mulher de 17 anos que vivia na Sicília
o rosto compungido de quem segura um morto no colo
de quem ata a seu filho o relógio do fim
e também de quem dispara a bússola dos seus braços
que tocam noturnos para um coração agora vazio.
por suas vestes de mármore
passam a guerra, a fome, as crianças com sono
em suas vestes de mármore
vem a nós a vontade de dizer
"vem à vida, mulher de mármore"
[fale a nós aquilo que queres falar &
atravesse a rua que separa o sopro do tempo contado
do sopro do tempo-eterno].
estão ali
no mármore do mármore
Jesus e sua mãe com
os seus 17 anos que jamais passaram
no arrabalde, nas montanhas

L.

Olho para minha namorada
deitada com seu urso de pelúcia
que já conta seus quase 18 anos
as mãos brancas no lençol azul
aquele mundo inicial
começando e começando
todos os planetas orbitando em seu corpo
as estrelas vêm na sacada
vê-la nova, onça viva
vê-la inteira, não metade
vê-la como eu vejo
com todos os corpos do mundo
fundidos nessa coisa só plana
nuvem ruiva, nuvem laranja
luz que consome a tudo
e conserva dentro de si
a potência laranja dos mundos todos

como se tivesse um planeta
que ela fundará
e por modéstia
guarda sem nome
numa gaveta milimetricamente
ordenada

Os territórios do náufrago

Eu vou para Tóquio.
Importa que vou, não importa como.
Eu prometo. Prometo a mim mesmo
e prometo ao meu pai,
que foi o único que me ouviu.
Ele disse que me ajudaria
no que fosse necessário
Eu falei a ele que eu não gastaria quase nenhum real
[para ir a Tóquio.
Era atravessar o verde, atravessar o mar,
tocar o céu longe do céu de Ícaro algum.
Então no caminho pedirei pão, no caminho espero
que os homens me vejam inteiro, que me deem de comer
e de beber, que me digam o caminho mais curto.
Que ainda hoje o caminho mais curto
de Belém a Peri-Peri é
pelas gargantas de um rio sem nome,
que se eu atravessar o norte a nado
ou a pé eu estarei em Haeju
ou em outra cidade onde Marco Polo se perdera:
pois se a noite tenra de Cambalique me tem,
eu terei a manhã de Ukek,
e se a tarde gorda de Zaitun
se abre em bambus rosas,
eu quero ainda hoje chegar ao estreito de Johor,
e se as onças ainda existirem,
quero que elas e as ipupiaras
atravessem a nado a ilha de Riau.
E que ainda essa noite eu esteja lá de cima
acendendo uma lâmpada em Tóquio

Ode n. 12

Caminha comigo
essas ruas largas
pelo cetim das horas
pelo pólen rubro da noite a te interromper o silêncio

observa as coisas como a última mulher do mundo
tocada pela fragilidade e pelos verdes pelos azuis laranjas

um rádio captando as frequências mais terríveis
suas pernas cruzadas
suas mãos abandonadas contra o corpo

só as deusas se elevam à monotonia

Miúdos, víscera obtusa

Aquela liga
aquela mola mestra
ou um apoio que serve ao cotovelo
ou à coluna
é ainda mais néscia
que a coisa viva
muito maior que a da raiz
das palavras
que faz do coração
um fruto fraco
denso
de músculo elétrico
como um animal selvagem nascendo
no silêncio fundo da mata

Um cântico terrível sobre a Terra

Para que não fossem poucas
pegadas no asfalto trechos sublinhados
com caneta vermelha
todas as garrafas de tinta que nunca tiveram nenhum
[vinho

manipulei os mapas
partituras ao contrário
as notas da navegação de cabotagem
portanto silente transposição
entre os braços de mar e de terra

[os mapas de veias
atrás dos seus cabelos
a foz incontida que há nas
dimensões contínuas
como um país inteiro nas suas costas]

sombras das manhãs do mundo
domingos, semanas do ócio

Memorial para Nicanor Parra

Que voz ecoa hoje em las cruces?
nem mesmo garças velhas
martins pescadores
mares de vinagre

nem mesmo
uma voz

acima de tudo
só o nada

Chamar as aves para o promontório

Atena toca piano nas ruínas
um quadro carcomido com retrato de seu avô
sob a balaustrada
lá fora
os andarilhos, os covardes
no fim do mundo
e Atena tocando a marcha de seus mortos

pedem em sua porta
pão e água
ela lhes dá

as aranhas sobem silentes
nas mãos das putas

jogam-se as cartas nos promontórios
nos eixos dos sacrifícios
mas a marcha é longa, irrepreensível
a que toca Atena em seu antigo piano

enquanto o mar sobra inerte
e os peixes devoram os olhos
do cavaleiro morto
(de prata, loiros cabelos pelas espáduas
cnêmides brancas, rósea greva)
Atena toca sua marcha
até que voltem as garças
para cantarem o terror

Pocket version

Não voltarei tarde da ronda
o cheiro das laranjeiras
a difusa aurora
não me tocarão
eu não prometo a ela
minha espada desembainhada
nem meu dorso de tigre
meu corpo de lança-chamas

eu prefiro deixar em segredo
o meu trem fantasma
de bolso

Apontamento para Agamben

Não sei decorar facilmente.
as tardes de meditação, a poeira de Auschwitz
as praias poluídas.
os marcos da consagração
são espécies de brotos
órgãos expostos à questão fundamental:

quanto tempo mais
restará
essa quietude?

Ideia da prosa

Já colecionei moedas antigas
por elas media o possível peso
da coisa inaudita, da coisa que foi vivida
por outros anfitriões de cidades pequenas
possíveis guerrilheiros fuzilados
crianças que dormiam às 20h
e compradores de cigarro por unidade
há algo de não vivido
no permanente exercício
de livrar-se das coisas que sobram
interromper sua existência dentro de si
expurgar o corpo maior do corpo menor que nos habita

O gesto

A idade da Terra
reluz incandescente como se fosse rediviva:
sua esclerose múltipla sua sífilis
seus dentes cariados
e sua espécie de alegria em prorrogar a espécie
saem catalogando muros sendas e navios
que aportem na cidade inviável
na contramão e no desvio

eu sei de onde vieram os ávidos
funcionários da antipátria.
não foi para isso que cantaram
nas naus, no pior Portugal

chamam-na pétrea
furtiva águia
mas o que ela é
é um rio morto

não há visibilidade
que dure aos escuros impostos
às contraluzes imediatas

só é possível infringir
suas sombras
se com elas invadires a cidade insone

hoje não irei
para o arrabalde
não atravessarei Verona

não verei Ponta Negra pela sacada
demonstro meus ventos
a letargia não nos alcança

são alhures,
Ocidente

O monstro inconfessável

É de densa cravina
que os gaviões acham por bem
fundar suas asas

eles não escapam ao insólito:
não conseguem voar sem invadir
e sem discordar

o que posso ver
do chão de estrelas?

os gaviões conhecem o patíbulo
essa senhora da metrópole não conhece
o jovem cego não conhece
a densa aurora, o pior manifesto

aqui
onde nada é névoa
o mar nos dispõe um rigoroso inverno

toda oferenda
é nossa bússola

Alagamar visto da janela

Que são atalhos
não subscrevem-se nas órbitas
de plantas mortas
antirrosas e íngremes escarpas
de rosas de ventos e vulcões interrompidos

tudo se abandona

os corais
a manhã nublada
a floresta desamanhecida

os insetos mortos na janela
o anjo azul desmemoriado
os vingadores nas ruínas
o retrato de Marilyn Monroe com 15 anos de idade

chagas abertas e cinzas
noturnos:
valsa das lâminas [si j'étais quelque chose]

Ponta Negra, perto do morro

Não ceifes muito o ar com a mão
diz-me

intercedem por mim
serpentes blocos de concreto estufas

nada redime o gozo
de frear o olhar
contra as marés agitadas
e depois
acordar na terra de origem
desterrado
plácida guerrilha

Rua da Lagosta, s/n

É aqui a meditação
pelas rochas

quando dei por mim
não havia mais relógios na pálida avenida

as estrelas do mar inundam a praia
é delas o reino da sinestesia

eu havia visto a angelical pureza das abóbadas
do céu que invade o céu
quando dos prédios iguais
vinham centenas de hiatos
glaciais visões do espanto e
eu aqui enquanto máscara

[nada nos invade
nem mesmo os comboios de náufragos
o tigre incriado
a civilização das marés adiadas]

Ponta Negra & riocorrente

Ia antes da manhã
iniciando novas nuvens às nuvens
internado com a imperceptível chuva
e eis que me param na pior rua
pela pior hora
e me estendem pedras escuras
quartzos de ferro
o peso aos pedaços

Antissoneto de 1945

Em 1945 Natal era uma esfinge mais
eterna [mais que eterna enquanto pedra]
que a imobilidade

contra o fio de seda
da light
fluem naus na vila militar
o ofício de vozes rompe as janelas perscrutadas
abre feridas
compõe velas no rio impoluto
cria bocas no ventre das mulheres bêbadas
assume o cálice: quid est?

sumo sagrado
e flor-síntese:
abandonada noite no cais geral

Künstlerroman da cidade anterior

Há dois anos cavo a terra, Cecile
não caibo e não exijo
dela os pórticos me são dados
pavões e nuvens escapam às odes
dobram escapistas, elétricas
e nada podemos dizer
não posso arrancar as mãos
gritar sob os túmulos violados
matar as plantas da origem

Cecile, quando cavo a terra
ando por entre arbustos vivos

eles me negam a palavra: eu insisto

então eles me falam de vozes que vêm de abismos
elas são profecias, nascem sem cu e sem vermes:
é preciso ouvi-las febrilmente
mas pontuada em silêncios
reobstruída por vozes apagadas
que perguntam sobre o invisível
perguntam sobre a paralaxe
eu parabelo

levantam alvoradas
quando a noite é-nos simpática; então
aprendi sua história
eles são magros, não têm pele sob os ossos
sussurram quando deitam com as mulheres
e riem devagar, insuspeita análise

além de invocar
um deus que nos livre de Deus
dizem palavras fúnebres
queimam os olhos da anti-Minerva
conservo da terra, ela inteira
como rio que escapa à foz,
uma raiz clandestina

Itinerário do dadaísta Hans Arp na cidade estrangeira

À noite fundarei tardes
com meus trens de ferro
minhas locomotivas de arame
minhas farpas e o busto degolado da imperatriz

deram-me um olho
para que enxergasse
sob vinte e seis véus
eu neguei:
preciso achar pedras
preciso mostrar a pedra aos meus confidentes exilados

na minha língua
não se falam curvas
vácuos arbustos ou rodopios
falamos pedra e coragem
círculo, terror
trovões

aos meus pés virão
bailarinas geográficas
com mapas no torso
índices de mares — tábuas de plantas
negras no hemisfério dos olhos

Itinerário da dadaísta Sophie Taeuber-Arp na cidade estrangeira

Antes da tarde
mergulharei na noite serena
com a máscara do medo

distinguirei navios ancorados no absoluto
e fiarei a ferro em minha roca de línguas
e atiçarei com fios de lâminas frias
oboés, castiçais, lanças de veludo

e à tarde terei asas
rimarei com as unhas
e com os sinos
choro abraçada às santas

& com meus ossos
vou obliterar
meu órgão paradisíaco

Bilhete de suicida

As lavadeiras batem seus panos
na pedra
cantam o seu blues
seus filhos
vindos do reino das estatísticas
lembram os abortados
os absolvidos
andam pelas pedras altas
sobem os montes

Um deles sobe um pouco mais
e lá de cima pergunta se alguém
duvida que ele se jogue

Ninguém duvida
mas lá no íntimo um deles
se pergunta se ele realmente
vai saltar
fica em silêncio, conserva a dúvida
mas de pronto grita
e se tu não pular?
o menino olha para ele
vê os próprios pés perderem a cor

e os gritos de sua mãe
os gritos da sua irmã lavadeira
os gritos dos tecidos
sulcando a pedra marrom
mas não gritavam por ele
não era socorro

era o canto infenso ao ódio
narcótico
que doma a água

Lá no fundo
no fundo mesmo ele pôde ver
o desejo
o vampiro
o soberbo vazio

as águas secando
na cantiga rouca, assassina

Roberto Bolaño em terras belgas

Roberto Bolaño fuma seu cigarro
e olha para baixo
aqui está a terra

Roberto Bolaño abre seu livro
examina
pensa se esse poema realmente é
bonito
um poema que se chama "Manifesto"
é de um poeta chileno
seu amigo
e também seu inimigo
gratuitamente, como todo inimigo ou todo
amigo

Roberto Bolaño se levanta
abre os braços
pensa no dia que terá seus filhos
pensa nos times que caíram para a segunda
depois terceira divisão
e depois para a regional
até desaparecerem

Pega o livro, lê um poema novamente
joga-o no chão da praça
depois retorna a ele, seus olhos queimando
a página com o esmero
do celebrista
e pensa nos sodomitas
nos esfomeados

nos piromaníacos
nos toureiros

ser toureiro:
o mais belo ofício
ser toureador:
ainda melhor
tourear uma vez
apenas
a bem de não roubar os gados do sol

viver dias de Odisseu
viver dias esquecíveis
esses sim
ser beatnik
andar sem rumo com o terror
que só o parricida pode ter

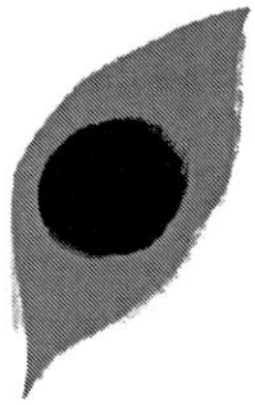

3 os aterrados

Invocação da primavera

É, com efeito, um ouvido cioso, que tudo ouve;
Eu dizia para ela sem espanto
ela meditava com as costas inertes
no solo

Somos todos contemporâneos
eu dizia outra vez
e ela falava línguas
impropérios
naves de Eva, fruto doce
mãos atadas no verbo

Olhávamos o horizonte
e tudo que nos rodeava era isso
o ancinho no peito do violador
as molas mestras que pretendem
organizar o mundo:

Ou seja, a palavra
a violência
a cor da relva quando o sol bate

Eu e ela olhávamos para esse mundo
redivivo, e também tocado pelo duende,
o duende de Lorca,
e era tão verde nosso vale.

Poema reticente, iniciado com vírgula

,

No meu jardim eu via faíscas

,

grave ar, grave nuvem
grafando com as garras
mais espúrias
a marca da doença

outra chuva vem de lá
mil maneirices teremos
que atravessar
pra que o trovador venha aqui
cante para nós
a sua cantiga que traz a bonança

Almejei mira em árvore:
todos os desejos
me condenam

Deus não é o autor da morte

É impossível amar
sem se condenar completamente
até o final
diz o livro

Deus sequer me vê
com os pés descalços
as mãos sujas de farinha

Minha mulher com seus passos de
animal sadio
prepara o fogo, conversa com o cão
o animal a protege

Eu outra vez entrego-me ao vício
passo a mão para lá e para cá
peço meu café
digo a ela que nossos ritos
serão mais perigosos dia após dia

Os ventos são muito fortes
lá fora, no mundo soterrado
Ela me olha brevemente
breve notícia
do eclipse

Seus olhos trazem consigo
todas as figueiras
em que colho meu motivo
meu festim
meu jejum

Carnaval na cidade grande

No parapeito da janela
eu penso nos Carnavais
na corneta barulhenta
o coro de bêbados
o colar de contas no pescoço
da mulher sozinha
e os tambores esquentando
o fogo lícito
as bebidas ao ar

Quando choveu em pleno Carnaval
parecia que só nós éramos invasores
ou que nunca tivemos genocidas
nunca vimos os adversários

Parece que no Carnaval
só as cinzas se cumprimentam
a tomada da cena eternamente recomeça
de novo se escapa a faísca
o cigarro não se acende
as crianças agora leem no adulto sua prisão

derrisão da raiva
o Carnaval é a única lembrança
que temos do fogo

Betesda

Levanta-te e anda
diz o profeta

eu apanho minha bússola
e escuto ao longe
a canção dos eurasianos
levanto a cabeça como se
alguém a mim avisasse

Sobre a terra
os pórticos caídos
as fronteiras abertas
ainda
outrossim

E ainda assim
tão pesadas Sibilas do medo
voando sobre nossos ônibus
e nossos bares vazios

Pergunta ao colono

Que é Natal, esse presépio?
O que é esse marulho nos tambores
o que é a vila de Ponta Negra,
o que é a avenida Rio Grande do Norte
na Cidade da Esperança?

Que são esses nomes?
são invocações, são
estribilhos
proibições
cercas onde os macacos
vêm dar nas árvores?

Onde o fruto nasce peco
onde as mães de março virão
em caminhada?

Que é esse mar onde moram as arraias?

Para Nicanor Parra

Hoje morreu, aos 103 anos,
o último poeta do mundo.
Ou morreu ou sumiu
como em uma maldição
ou em sonho gotejante ou
foi abrigar-se da chuva
em outra parte.
Mas é fato que Nicanor Parra
não mais está em sua ilha.
Pelo menos não em corpo presente
se é que havia invólucros para
aqueles que disputam outras geografias
engendram novas setas para
nossos pontos cardeais
para esses que se preocupam
em enferrujar os novos ferros.
Mas o fato é que a cem quilômetros de Santiago,
em Las Cruces, foi confiscada
a nossa última montanha-russa.

De nada em nada, vamos caindo ainda um pouco.

Comentário a Huidobro*

Os quatro pontos cardeais
na verdade são três:
o fuzil
e o corte

---

* O poeta chileno Vicente Huidobro em seu livro *Altazor*, de 1931, escreveu o seguinte poema: "Os quatro pontos cardeais / são três: / o Sul e o Norte".

Comentário natalense a Huidobro**

Os quatro maiores poetas do Rio Grande do Norte
na verdade são três:
Blackout e Volonté

** Já o poeta também chileno Nicanor Parra fez sua releitura do poema de Huidobro com uma revisão da literatura chilena. O poema de Parra mimetiza o de Huidobro: "Os quatro grandes poetas do Chile / São três / Alonso de Ercilla e Ruben Darío". Cabe mencionar que nem Ercilla nem Darío são chilenos, embora de fato participem da história da poesia daquele país: Ercilla é espanhol e Darío, uruguaio. Blackout e Volonté, os nomes citados no poema, são dois poetas potiguares: Edgar Borges, ou Blackout (1961-1999), é autor do livro *Duas cabeças* (1981). Manoel Fernandes, ou Volonté, é autor de, entre outros, *Cara a cara* (1988, republicado em 2005 e depois em 2018 no volume *Beba da chama*, de suas poesias completas).

Intentando um memorial

A página branca sai, se evola
Logo minha pena se corrói
Eu não vou escrever numa terra
de anzóis, de lágrimas
Nem na terra dos folguedos
diabólica dança mística
criança guenza que nasce em teu ventre
Eu queria que nem mesmo o verso
fosse perdiz, codorniz
ventríloquo, aterrissagem nessa praça de funâmbulos

Então pergunto eu
onde estão meus amigos
meu amigo morando por onde a água parada
não acaba
minha amiga me dando os chocolates
minha amiga que senta ao meu lado na
manhã na universidade

E minhas mulheres
as que tem orgasmos múltiplos
as que organizam a raiva

"Eu criei certa vez
um peixe roxo,
tão insólito"

Disse a mim minha amiga
eu e ela somos se não modernos

contemporâneos
fragmentados

Esse fragmento condiz com minha natureza
algo explícita
e algo antiterrena
que eu percebo sempre que escrevo
novo verso

Carrego comigo, quem sabe,
muita pólvora no bolso
eu explodo se bem perto
da coivara

Eu disse à minha mulher
que ela pode sozinha
explodir todas as estrelas
com uma só lágrima

E ela me disse que por ser homem
eu não tenho a mesma potência
eu não tenho sequer a mesma
adiposidade

Eu sequer posso ir à lua
eu não sei montar a cavalo
nunca aprendi a fazer cocada

Trem fantasma

A única coisa para que a literatura serve
serve mesmo
de serviço, de engenharia de função
é fazer ligar-se afinal
o Unívoco ao Outro

com rondó
com samba-canção
écloga
poema/processo e canção
de pastoreio

de repente se tem uma comunidade
emudecida
falando pra dentro
falando as coisas mais terríveis
sobre ter pés, sobre ter mãos
sobre o que habita os nós dos dedos
o que fazer com quem fita seu cabelo
com o olhar maníaco

A poesia carrega consigo
a espiral dos bêbados
as bacantes
a mulher grávida esperando a hora do parto
a criança obesa que rouba escondida do pai
um cigarro que o pai achou que escondeu
mas deixou bem na cara
da criança que se odeia e vai fumar escondida
longe de casa

é a menina que acaba de menstruar e escreve
com canivete numa parede branca
dia após dia o dia certo em que ela menstruará de novo
é o punk chorando com uma comédia romântica
que está reprisando na televisão na sessão da tarde

É o motorista de ônibus que deixa
a passageira desembarcar na parada errada
só porque é mais perto de casa
é o professor de geografia que durante a prova final
ouve do aluno que por favor dê a resposta dessa questão
ele já feriu demais os próprios braços

É a odalisca que samba distraída
embora o michê peça a ela pra
atender o cliente ali embaixo

É o filme de Fellini
em que a protagonista está perdida
no meio da procissão da virgem
e olha fixamente para o nome
MARIA escrito com velas acesas

É o dia em que nasceu
o melhor jogador de futebol do planeta
que infelizmente foi só o melhor jogador
da sua turma, na escola primária

É o poema traduzido que você nem imagina
que é mais do tradutor
do que do autor traduzido
ou se imagina não percebe

pois a mágica é essa
jogo de luzes, cegueira consentida

É a visão da Pedra do Morcego
esse nome que leva ao terror
e ao território
quando o mar está bem perto das rochas
e quase traga de vez a cidade pra dentro de si

É o redemoinho
que você vê lá de cima
da torre nupcial

É ver a cidade de cima
e uma cena qualquer
mas tão intrigante
que é um vendedor de picolé
parando no meio-fio
para cheirar uma flor que brota
na calçada
sem que ninguém perceba
nem ela própria percebe
que nasceu no lugar errado

É a canção do Nibelungo
do inimigo
é a música da guitarra quebrada
polifônica
que grita como os bacorinhos
as borboletas em pânico
feridas de morte

Epopeia de dia chuvoso

A chuva lá fora
me deixa imóvel
olho o relógio, frequento a alcova
listo as frutas na mesa

Depois faço abdominais
leio Tolstói
leio inclusive Akhmátova
dou alpiste aos agapornis

Piso o almagre
e escovo os dentes,
calço as sandálias sujas

Não lavo o cabelo
nem acendo fósforos
eu colho os feijões
e incentivo a briga de dois coelhos

Apoio os braços na parede
e sinto frio

Lance de dados

Hoje subi a avenida Deodoro da Fonseca
depois atravessei o sinal na rua Apodi
subi até a avenida Rio Branco
entrei em um beco sem nome
subi por uma rua magra
e cheguei à avenida Ulisses Caldas
estava de tênis
sem saber bem a hora mas não era nem meio-dia
ninguém pensava em almoçar ainda
passei pelos mendigos, por meus amigos também
e minha amiga me falara um dia antes
de como eram estreitas as ruas
portuguesas

Olho as ruas debaixo dos meus pés
peço as horas a uma senhora
uma criança ri olhando pros próprios sapatos
bebo café em um bar pequeno,
cujos bêbados ainda chegam
tímidos
pouco a pouco
e logo estou de volta
após o primeiro gole
ao chão das profecias

Recreio dos órfãos

Tiro minhas botas
bato os pés antes de entrar em casa
e apanho meu chapéu

Quando criança eu também
era sozinho
jogava búrica com os anjos
instalava minha guerra particular
e perdia horas sozinho no balanço

Até que os terroristas vieram
e levaram meus sapatos
meus doces que guardara para minha mãe
e minhas hélices,
as que eu com pendor guardava
no meu íntimo porão

Quando alguém se aproximava
eu dizia
não chegue perto
eu apresento meu cutelo

E todos percebiam
que eu me asselvajara

Então eu me afastava
[os pássaros fugiam
das pedras]
e trazia ao mundo
outra bola de chiclete

Cidade presépio

Ora ouvir
estrelas de rock
ora ouvir New Order
ou Peter Hook

Escuto com vagar
o bebop dos carros
na pista
imagine a fórmula um
o som rápido das rodas
que consigo tragam
o som imagético
das ondas quebrando na praia
repare
o mesmo som aerado
da onda contra a pedra
é o som futurista
da borracha ferida no asfalto

Enquanto penso e
consumo o fato
deito sobre os ossos
dos povos originários
sento sobre meus joelhos
e
sinto que a cidade
é um inseticida

Museu desabando nas chamas

Ela disse se não pode me salvar
me proteja do fogo
eu guardei meus isqueiros
meu mais difícil incenso

O profeta iracundo
se virou para nós
e deu as duas mãos em oferta
ao invés da face

Preferíamos que ele desse
sim
a outra face

Eu disse a ela que não era
minha condição
salvar alguém do fogo
eu nunca soube nadar
eu nunca fui aluno de natação
ou seja
eu nunca atei-me à água

Ela tampouco
e eu sozinho agora
em meio ao foguetório

Soltam bombas no salão
de mim se despedem
os mais tísicos violeiros

Todo habitante deste país
é contemporâneo do desastre
disse outro profeta

Numa praça de guerra
eu e ela estávamos de pé
enquanto o solo queimava
e sequer a lágrima
margeava nossos olhos
nossa consciência de que
todos os nossos confidentes
poderiam ser degolados

E enquanto eu olhava para ela
agora
sem reminiscências
eu roguei
quem será solidário à ruína
em tempos já sem chamas?

DoSol, Disconexa*

Primeiro era uma casa comum
onde moravam os vizinhos de Itajubá
cabeças sobre os muros, crianças
de sapatos no pé
correndo

rua Chile ancoradouro
setas apontadas para o rio dos degolados

Depois, séculos depois,
foi nossa casa
eu ainda era criança quando ouvi
guitarras tão altas
eu ainda lembro muito da sensação
de sentir os ouvidos comprimindo
o ouvido prontamente mudando
sua anatomia, ou seja,
começando a educar-se para a surdez

Depois, anos depois,
virou um lugar em que os jovens
achavam que inauguraram
e agora dançam até de manhã
nas pistas de cimento queimado
ouvindo bate-estaca
e chorando quando brigam
com seus namorados
no caminho entre o banheiro e o camarim

Os pescadores passam pela frente do prédio amarelo
com peixes grandes
engolindo suas colunas
peixes descendentes
dos próprios peixes
que um dia comeram
os olhos do
próprio Odisseu

E ela lá parada lá fora
a rua de paralelepípedos
tão patética quanto a eternidade

---

* O Centro Cultural DoSol (2004-2019) e o Laboratório Cultural Disconexa (2019-2020) foram dois espaços culturais que existiram no mesmo prédio da rua Chile, bairro da Ribeira, em Natal.
O DoSol foi um espaço pioneiro na cena independente de rock na cidade, que serviu de palco a diversas bandas do Brasil e do exterior e deu origem a eventos como o Festival DoSol.
O Disconexa surgiu meses após o fechamento oficial do Centro DoSol e tinha uma programação voltada à música eletrônica e a experiências performáticas. Teve vida curta devido à pandemia do coronavírus. A rua Chile é conhecida por ser frequentada por boêmios e estar próxima ao porto da cidade.

Os pecadores advertidos pelos raios

Na manjedoura estão a mirra
o ouro
a lã da ovelha vermelha que anuncia o apocalipse
os presentes de Pandora
a caixa de chocolates antigos
o rolo de filme carcomido pelo tempo
o mirtilo
e o bálsamo que será dado aos desgarrados

Na alma da festa
que atravessa o corpo vário da manhã
há o mesmo ofertório exibido
nas margens das ruas vazias:
a flor branca que cresce dúbia
a xanana
a grama venenosa

Quando você estiver
distraidamente andando na avenida Rio Branco
em direção ao abismo
olhe para os lados
com ouvidos abertos para o silêncio
observe o arranjo de luzes
baionetas nos postes da cidade-sargaço
e se permita abraçar o esgar de medo
que só o vazio da logolópole reserva a nós

E é essa a pequena catástrofe
Sal do sol sobre nossas cabeças
é preciso

criar para si os olhos daqueles
que andam sozinhos perscrutando
as armadilhas

Ouvir o som longínquo
dos ararunas e jacus
a maldição dos pássaros
que não dormem jamais;
o bacurau insistente, a coruja
buraqueira que anuncia a noite

A lembrança do Baldo vazio
os cavalos que andam nas campinas
violadas pelo progresso
esse que vem asfaltando e asfaltado
Observe a lama confundindo-se
com o lodo
os postes iluminando a mulher sozinha
fumando sua pedra
no bairro do alecrim

Observe a rua imensa que se abre
dividida
a manhã lá vem atrás
do morro que ronca
e das águas pálidas do Potengi
É manhã, incontornável
Estamos aqui
aldeia mil vezes alquebrada
de partida e não

Os epílogos

Para você, que viu a torre ruir
fique sabendo
que o mundo sempre está para acabar
mas nunca acabou

A bomba vem
já veio, e mais uma ou cem vezes virá
a peste come seus avós
os olhos dos peixes no atol
mas o mundo não entra em ruína por aí

A namorada após te dar um beijo
vocês dois de olhos fechados
sua mãe em uma fotografia
com 3 anos de idade
a cidade vazia depois do bloco
de carnaval passar
mas o mundo não entra em ruína assim

Quando a banda no palco termina
de tocar a melhor música da noite
e o baterista dá um gole na cerveja
até recomeçar a tocar outra música
o mundo não entra em ruína assim

A onça prestes a avançar
no homem triste que tenta em vão
caçar uma anta no frio
da mata fechada
e vai ser atacado

e procurarão por ele em vão
agora que ele faz parte da onça

e a onça faz parte dele
mas o mundo ainda não começa a acabar
por aí

É a menina que pronuncia pela primeira vez
a palavra cu
essas redondezas, essas passadas de dedo
porque não sabe dos perfurantes
mas o mundo não começa a acabar assim

Não é nem com a bomba
e nem com a banda
de frevo
não é com a buceta
com o sexo exposto
não é com o efeito moral
é por dentro
que o mundo acaba

É por cada vez que se esquece
de dançar um tango
enquanto se fuzilam os amantes lá fora.

O autor

Pedro Lucas Bezerra

é natural de Natal (RN). Doutorando em Literatura Comparada pela Universidade Federal do Rio Grande do Norte, publicou os zines *Doze olhos ou Terceira miopia* (editora Tribo, 2014), *Pequeno livro da musa invisível* (editora Miopia, 2016) e *Cidade/Sargaço* (edição independente, 2019). Escreve sobre música para a revista online *O Inimigo* (@revistaoinimigo). *Trem fantasma* é seu primeiro livro.

Índice

PARTE 1 - TÁBUAS DE MARÉ

PARTE 2 - TÁBUAS DE HORÁRIO

PARTE 3 - OS ATERRADOS

Edição e revisão Bruno Zeni
Capa e projeto gráfico Sílvia Nastari
Ilustrações de capa e miolo Andressa Dantas

Dados Internacionais de Catalogação na Publicação (CIP)
(Laura Emilia da Silva Siqueira CRB 8-8127)

Índices para catálogo sistemático:

Bezerra, Pedro Lucas.
Trem fantasma / Pedro Lucas Bezerra; ilustrações de capa e miolo, Andressa Dantas; capa, Sílvia Nastari. 1ª ed. – São Paulo: Editora Quelônio: 2021. 128 p.; 14 x 20 cm.

ISBN 978-65-87790-11-4

1.Ficção: Literatura brasileira 2. Literatura brasileira: poesia
I. Bezerra, Pedro Lucas II. Nastari, Sílvia.

13-20211 CDD 869.91

1. Ficção: Literatura brasileira
2. Literatura brasileira : poesia
869.91

Editora Quelônio

Rua Venâncio Aires, 1072
Vila Pompeia / São Paulo - SP
CEP 05024-030
www.quelonio.com.br

Este livro foi composto nas fontes
Stanley, de Jérémie Gauthier, e
ITC New Baskerville Std, desenhada
por John Baskerville e John Quaranda e
publicada pela ITC. As imagens de capa
e quarta capa são de Andressa Dantas.
O papel da capa é o Cartão LD 250g/m²
e o do miolo é o Pólen Bold 90g/m².
Impressão digital: psi7. Tiragem: 500
exemplares. São Paulo, abril de 2021.